Alda Merini

Folle, folle, folle di amore per te

Poesie per giovani innamorati

A cura di Daniela Gamba

Con un pensiero
di Roberto Vecchioni

SALANI EDITORE

ISBN 978-88-8451-129-4

Si ringraziano le case editrici Einaudi, Scheiwiller, Rizzoli, Girardi e La vita felice, per aver concesso l'autorizzazione a pubblicare i testi antologizzati.
Un grazie particolare a Donatella Barbieri per la gentile collaborazione.

Prima edizione: gennaio 2002
Nona ristampa: settembre 2009
Decima ristampa: dicembre 2009
Undicesima ristampa: gennaio 2010
Dodicesima ristampa: settembre 2010

Le poesie di Alda Merini raccolte in questa antologia sono state tratte da: SUPERBA È LA NOTTE, Einaudi, Torino 2000 (*Non avessi sperato in te*); VUOTO D'AMORE, Einaudi, Torino 2000 (*Mi sono innamorata*, *Le osterie*, *Io sono folle, folle*); BALLATE NON PAGATE, Einaudi, Torino 1995 (*Lungamente sospeso*, *Quando gli innamorati si parlano*, *Del tuo ultimo tempo senza colore*); FIORE DI POESIA, Einaudi, Torino 1998 (*Non voglio dimenticarti, amore*, *A volte Dio*); LA PRESENZA DI ORFEO, Scheiwiller, Milano 1993 (*Piccoli canti*, *Lettere*, *La caduta*, *Lasciando adesso che le vene crescano*, *Ansia*, *Nozze romane*, *Lirica antica*, *E più facile ancora*, *No, non chiudermi ancora*, *Se avess'io*, *Io ti ho offerto il mio corpo*, *Per una giovinetta*, *Quanto mi ardi*, *Visito spesso in te*, *Ti ho detto addio*); LA TERRA SANTA, Scheiwiller, Milano 1996 (*Ieri sera era amore*, *Ora il corpo*, *Dedica*, *Perché t'amo*, *Io ho scritto per te ardue sentenze*, *Io ero un uccello*, *La pelle nuda fremente*, *Quando tu non ci sei*, *Ho conosciuto in te le meraviglie*, *Ho sentimento*, *Dimmi almeno*, *Non ti dispiaccia*, *Ho timor di tua morte*, *Vorrei poter suonare*, *Abbi pietà di me*); UN'ANIMA INDOCILE, La vita felice, Milano 1996 (*Le tue mani*, *I sandali*); AFORISMI E MAGIE, Rizzoli, Milano 1999 (*Chi ama*, *Dammi canto da cantar soave*, *Perché mi dici cose fuggenti*, *Il mio sentimento per te*, *I tuoi acini d'oro*); LA VOLPE E IL SIPARIO, Girardi, Legnano 1997 (*Sul tuo volto vorrei tessere*, *Ascolta, il passo breve delle cose*, *L'ora più solare per me*).

dal 1862
Gruppo editoriale Mauri Spagnol
Milano

www.salani.it

UNA ‘MACCHINA D’AMORE’

I ‘giovani innamorati’ non hanno età o confine, né luogo preciso, né coscienza attuale dei propri arti, del seme, dell’avvolgersi e svolgersi del corpo: confondono in un tutto, chiaro all’istante, ma oscuro ‘prima’ e ‘poi’, l’astrazione infinita del sentimento, reso esclusivo e refrattario a qualsiasi richiamo esterno; qui sta l’oppressione spasmodica che non può altro se non risolversi ed esplodere (o gemmare): di contro aleggia l’ombra indistinta e angosciante dei due altri stati d’animo, l’attesa e l’interruzione, nei quali la cultura poetica supera per immaginazione e sconforto la naturale risoluzione dell’incontro felice, dell’attimo sublime.

Alda è una ‘macchina d’amore’. Alda è un continuo tentarsi, provocarsi a sfida per circumnavigare il territorio e assalirlo, perché sempre, anche quando finge passività o rapimento, è lei a manovrare l’intesa e lo scambio, a pregustare l’intrigo, a odorare la sconfitta.

L’amore in lei è forza scaturente ininterrotta: qualsiasi cosa faccia, di qualsiasi cosa parli, si tratta sempre di uno sfondo, di uno scenario: il traslato è sempre amore, una coperta avvolgente larga quanto il cielo, un signore solitario mascherato nella guittaggine dei giorni comuni, un desiderio improvviso che è già diventato storia nella sua mente ancor prima che nella realtà.

Questo amore abbraccia un arco sterminato: va dalla teoria di Titano, colto a piangere durante una scena di *E.T.* (« ogni uomo ha bisogno d'amore »), fino alla supremazia gelosa di un dio invalicabile: « A volte Dio / uccide gli amanti / perché non vuole / essere superato in amore ».

Alda è per molti versi consimile nell'approccio che altre grandi scrittrici hanno con l'amore: la Dickinson, la Achmatova, Saffo e soprattutto, direi, la Yourcenar. Ma in nessuna di queste, esclusa forse Saffo, c'è tanta potenza monotematica, maniacale, capillare. È come se Alda raccontasse l'amore pari a persona viva e ne seguisse dal risveglio al sonno tutti gli atti, secondari, usuali, profani, fino alla trappola che gli costruisce intorno e in cui prima o poi dovrà ben cadere.

È una cacciatrice insonne, incapace d'altro, incapace di disgiungere qualsiasi gesto, vezzo, ammiccamento, gorgoglio, parola da questa tentazione suprema, da questo gioco sacro.

Quello che i giovani scopriranno leggendola in questa raccolta tematica è soprattutto un'identificazione immediata.

A tutti succede, è successo, di provare nei tre momenti di attesa, acme, interruzione, le precise, nette sensazioni che Alda traduce in lucidissimo specchio. Questo perché Alda, a differenza di come capita ad altre poetesse, ma esattamente come avviene in noi, non distingue 'cronologicamente' l'attesa, il culmine e il distacco, la gioia e il dolore, ma tutto mischia in un unico alito che è ora brezza, ora bufera in cui tutto convive sovrapposto nel nostro sentire. Nell'attesa c'è già la 'potenza' dell'atto, durante l'atto c'è già l'ombra della fine.

Quello che i giovani capiranno attraverso Alda è che non si può non star male d'amore: la sofferenza è insita nell'antinomia interna alla definizione, considerare cioè eterno un altissimo palpito transitorio. Semmai è la somma parziale o finale di tali palpiti a dirci che l'amore è strabocchevole a prendere quanto a dare.

L'amore è un 'DRAMA', l'unico possibile, e va vissuto e accettato nella congiunzione come nella dispersione. Ed è l'atto creativo più grande che possiamo concederci; sta a noi fermarlo nel tempo almeno due volte: al culmine della sua presenza e alla ricostruzione del ricordo.

Roberto Vecchioni

Canzone per Alda Merini
(Vecchioni – Paoluzzi – Vecchioni)

Noi qui dentro si vive in un lungo letargo,
si vive afferrandosi a qualunque sguardo,
contandosi i pezzi lasciati là fuori,
che sono i suoi lividi, che sono i miei fiori.

Io non scrivo più niente, mi legano i polsi,
ora l'unico tempo è nel tempo che colsi:
qui dentro il dolore è un ospite usuale,
ma l'amore che manca è l'amore che fa male.

Ogni uomo della vita mia
era il verso di una poesia
perduto, straziato,
raccolto, abbracciato.

Ogni amore della vita mia
ogni amore della vita mia
è cielo e voragine,
è terra che mangio
per vivere ancora.

Dalla casa dei pazzi, da una nebbia lontana,

com’è dolce il ricordo di Dino Campana;
perché basta anche un niente per esser felici,
basta vivere come le cose che dici,
e dividerti in tutti gli amori che hai
per non perderti, perderti, perderti mai.

Cosa non si fa per vivere,
cosa non si dà per vivere,
guarda! Io sto vivendo.

Cosa mi è costato vivere?
Cosa l’ho pagato vivere?
Figli, colpi di vento...

La mia bocca vuole vivere!
La mia mano vuole vivere!
Ora, in questo momento!

Il mio corpo vuole vivere!
La mia vita vuole vivere!
Amo, ti amo, ti sento!

Ogni uomo della vita mia
era il verso di una poesia
buttata, stracciata,
raccolta, abbracciata.

Questo amore della vita mia,
ogni amore della vita mia,
è cielo e voragine,
è terra che mangio
per vivere ancora.

Folle, folle, folle
di amore per te

Poesie per giovani innamorati

Dammi canto da cantar soave

Dammi canto da cantar soave,
sì che lacrime di cielo
colorino la vita.
La tavolozza ha sette mutamenti,
uno per ogni bacio che mi hai dato.
Sette baci di labbra ed assoluto,
sette mammelle gonfie di teatro.

Perché mi dici cose fuggenti

Perché mi dici cose fuggenti
che non sanno di vero,
perché inganni te stessa?
Il violino armonico che avevi dentro
si è rotto per sempre.
Inutile sperare...
Così spero che qualcuno
bussi alla porta,
e non solo il vento.

Il mio sentimento per te

Il mio sentimento per te
è grande come la giovinezza
senza tremiti o baci
o pie discolpe.
Il nostro amore
per la carta pura
e la stampa migliore
dove lo sguardo
attira il sentimento
e l'acme della luna.

Chi ama
è il genio dell'amore.

a Eugenio Montale

I tuoi acini d'oro,
i limoni perduti
nel grembo di altre donne
che ti hanno solo sognato.
Capita anche a me, Maestro,
di aver fatto l'amore
con quelli
che non ho mai conosciuto.

Le tue mani sono grandi ventose
fanno sì che la mia carne diventi doppia
e tripla. Il sasso del tuo sguardo
è caduto nelle acque dell'immaginazione di dio:
si indigna del nostro piacere e sconvolgiamo
la terra, dibattendoci come due rettili infami
mentre perdiamo l'anima.

I sandali

Hai dimenticato i sandali amore
i tuoi sandali di desiderio,
li ha trovati sotto il mio letto
il mio portiere
scopando notte tempo
ha trovato i tuoi sandali;
vieni a prendere i tuoi sandali amore
i sandali di legno di sandalo
i sandali di legno biblico
buttali in testa al Signore
che ci ha diviso il cuore.

Ieri sera era amore

Ieri sera era amore,
io e te nella vita
fuggitivi e fuggiaschi
con un bacio e una bocca
come in un quadro astratto:
    io e te innamorati
    stupendamente accanto.
    Io ti ho gemmato e l'ho detto;
    ma questa mia emozione
    si è spenta nelle parole.

Ora il corpo

Ora il corpo è sublime e i chiaroscuri
scendono alle mie rapide finestre.
Ricordarmi di te, colmarmi dentro
ogni parola che tu hai detto invano.
Ora non più, ma forse dentro il vento
è rimasto qualcosa del tuo amore,
come una foglia o un grigio mutamento
dentro l'umore di un dannato Iddio.

Dedica

Occorre un amore grande
per viverti accanto, amor mio,
e cavalcare un destino
che è come un puledro avverso,
come una macchina astrusa.
E tu vorresti scendere,
guardare pascoli azzurri
e invece il destino bizzarro
sbatacchia le povere ali
e immiserisce l'amore.
Così, quando è sera,
io mi adagio al tuo fianco
come vergine stanca,
né so cosa tu mi puoi dare,
né sai cos'io voglia dire.

Perché t'amo

a Manuela

Perché t'amo e mi sfuggi,
pesce rosso di vita
umido dentro l'erba
palpitante nel sole?

Perché non ho parola
dura come la pietra
che ti ferisca a morte?

Così ti fermerei,
e potrei disegnarti
un arabesco sul cuore.

Quando tu non ci sei
e l'aria non risuona dei tuoi richiami segreti
allora l'ombra si stende come un manto
la sera diventa feroce
e gli uccelli mi cadono ai piedi stecchiti,
come percossi da una peste improvvisa
perché la mancanza d'amore
è la mia pestilenza.

Ho conosciuto in te le meraviglie

Ho conosciuto in te le meraviglie
meraviglie d'amore sì scoperte
che parevano a me delle conchiglie
ove odoravo il mare e le deserte
spiagge corrive e lì dentro l'amore
mi son persa come alla bufera
sempre tenendo fermo questo cuore
che (ben sapevo) amava una chimera.

Ho sentimento

Ho sentimento di una cosa strana
che tutta mi colora e m'indurisce;
e mi pare di essere sovrana
di largo tempo e tutta mi smarrisce
questa tua apparizione così bella
che a me sembri non uomo ma una stella.

Dimmi almeno

Dimmi almeno che oscura meraviglia
già ti prende di me, che trovi bella
questa sommessa ed umile giunchiglia
che già ti paragona ad una stella;
dimmi che me divina e me presente
senti dentro il tuo letto di piacere,
dimmi che un bacio fuga dolcemente
tutte le smanie e tutte le chimere.

Non ti dispiaccia

Non ti dispiaccia che parli in tuo nome;
non ti dispiaccia che io porti pietra
e che con essa tutta mi ragioni,
io sono nell'inferno e ora faretra
reggo d'amore ed ora sinfonia;
fa' che io per te nel canto non m'arretra
ma colpirmi di sì dolce armonia
che al sol si sciolga questa triste pietra
che alla morte mi porta e mi ci avvia.

Ho timor di tua morte

a Pierri

Ho timor di tua morte e me ne parli,
a volte penso senza sentimento,
senza capir che io mi perderei
dentro questo murale tuo frammento
e sì alto e sì forte gemerei
da perder senno ed ogni altro contento,
mentre io parlo di vita dolcemente
ma tu al mio appello non sei mai presente.

Vorrei poter suonare

Vorrei poter suonare quei violini
che solo a notte adeguano le stelle
e dirti e dirti che così vicini
possiamo amare tante cose belle;
ma tu ti rifugi nel silenzio
delle tue stanze e non odi oscuro
questa divina musica lontana
che sì mi batte in cor tanto sovrana
che mi fa meraviglia delle stelle
(a te ho dato le cose mie più belle).

Abbi pietà di me

Abbi pietà di me che sto lontana
che tremo del tuo futile abbandono,
tienimi come terra che pur piana
dia nella pace tutto il suo perdono
od anche come aperta meridiana
che dia suono dell'ora e dia frastuono,
abbi pietà di me miseramente
poiché ti amo tanto dolcemente.

Se tutto un infinito
ha potuto raccogliersi in un Corpo,
come da un corpo
disprigionare non si può l'Immenso?

Se tu potessi
come un'ala spiegarti, anima mia,
il mio povero occhio nel suo lago
non ti raccoglierebbe...

Matura la grazia
il tempo matura, io sola son ferma,
con immagini tue dinanzi agli occhi
che non so, nel presente, guardare,
con l'effluvio di mille fiori defunti
ancor fresco alle nari.

S'anche ti lascerò per breve tempo,
solitudine mia, se mi trascina
l'amore, tornerò, stanne pur certa;
i sentimenti cedono, tu resti.

Il mio cuore è la selva inabitata,
vergine, fitta d'ombre e di sottili
rumori, di fugaci apparizioni,
di più fugaci corse.

O sorte mia dove mi sospingi?
Perché verso le braccia
che mi rifiutano invece?
Che anelito è questo?
Se vuoi sottrarti da me,
lasciami la tua ombra
... ed io l'educherò per i miei sogni.

Ci si può anche sentire spiaggia
con la sua terra che non è già più terra,
con la sua anima che non è ancora tutt'anima,
misti a un'immensità che può chiamarsi musica
o amore, o fede...

Ci leggi, Signore, negli occhi
almeno,
nell'acerbità dei muscoli del volto
tesi,
il divenire ineffabile dell'anima,
il nostro struggimento per un bene
che non può giungere oltre
il poverissimo limite del pianto?

1947-1948

Lettere

a Silvana Rovelli

Rivedo le tue lettere d'amore
illuminata, adesso, dal distacco;
senza quasi rancore...

L'illusione era forte a sostenerci;
ci reggevamo entrambi negli abbracci
pregando che durassero gli intenti,
ci promettemmo il «sempre» degli amanti,
certi nei nostri spiriti d'Iddii...

... E hai potuto lasciarmi,
e hai potuto intuire un'altra luce
che seguitasse dopo le mie spalle!

Mi hai suscitato dalle scarse origini
con richiami di musica divina,
mi hai resa divergenza di dolore,
spazio per la tua vita di ricerca
per abitarmi il tempo di un errore...

... E mi hai lasciato solo le tue lettere
onde ne ribevessi la mia assenza!

gennaio 1949

La caduta

Egli mi ama, ed io
che gli offersi spavalda
la difesa assoluta di uno sguardo
superante se stesso,
io che fui temeraria
al punto di non credere alla forza
del possesso maligno,
ora ch'egli mi oppone
uno sguardo altrettanto dilatato,
indietreggio spaurita,
mentre mi affiora al labbro incontrollato
il «credo» antico e nuovo della carne.

Ora non ho più occhi
perché il mio modo di guardare è spento.

Lasciando adesso che le vene crescano

Lasciando adesso che le vene crescano
in intrichi di rami melodiosi
inneggianti al destino che trascelse
te fra gli eletti a cingermi di luce...
In libertà di spazio ogni volume
di tensione repressa si modella
nel fervore del moto e mi dissanguo
di canto «vero» adesso che trascino
la mia squallida spoglia dentro l'orgia
dell'abbandono. O, senza tregua più,
dannata d'universo, o la perfetta
nudità della vita,
o implacabili ardori riplasmanti
la già morta materia: in te mi accolgo
risospinta dagli echi all'infinito.

4 ottobre 1950

Ansia

Ora che io riposo
nella certezza del tuo ritorno
e sento che l'ore
si caricano d'aspettazione
e dànno il frumento divino
dei desideri del corpo,
ora che sul vigoroso
sfondo del tuo avvicinarti
ogni sfiducia
è sollevata ed ammessa
al triplice riferimento
delle cose concrete,
accordo questo tormento
alla notturna carità di un suono.

1° gennaio 1951

Nozze romane

Sì, questa sarà la nostra casa,
oggi arrivo a capirlo;
ma tu, uomo gaudente, chi sei?
Ti misuro: una formula eterna.
Hai assunto un aspetto inesorabile.

Mi scaverai fin dove ho le radici
(non per cercarmi, non per aiutarmi)
tutto scoperchierai che fu nascosto
per la ferocia di malsane usanze.

Avrai in potere le mie fondamenta
uomo che mi costringi;
ferirai le mie carni col tuo dente,
t'insedierai al fervore d'un anelito
per soffocarne il senso dell'urgenza.

Come una pietra che divide un corso,
un corso d'acqua giovane e irruente,
tu mi dividerai con incoscienza
nelle braccia di un delta doloroso...

29 dicembre 1948

Lirica antica

Caro, dammi parole di fiducia
per te, mio uomo, l'unico che amassi
in lunghi anni di stupido terrore,
fa che le mani m'escano dal buio
incantesimo amaro che non frutta...
Sono gioielli, vedi, le mie mani,
sono un linguaggio per l'amore vivo
ma una fosca catena le ha ben chiuse
ben legate ad un ceppo. Amore mio
ho sognato di te come si sogna
della rosa e del vento,
sei purissimo, vivo, un equilibrio
astrale, ma io sono nella notte
e non posso ospitarti. Io vorrei
che tu gustassi i pascoli che in dono
ho sortiti da Dio, ma la paura
mi trattiene nemica; oso parole,
solamente parole e se tu ascolti
fiducioso il mio canto, veramente
so che ti esalterai delle mie pene.

E più facile ancora

E più facile ancora mi sarebbe
scendere a te per le più buie scale,
quelle del desiderio che mi assalta
come lupo infecondo nella notte.

So che tu coglieresti dei miei frutti
con le mani sapienti del perdono...

E so anche che mi ami di un amore
casto, infinito, regno di tristezza...

Ma io il pianto per te l'ho levigato
giorno per giorno come luce piena
e lo rimando tacita ai miei occhi
che, se ti guardo, vivono di stelle.

No, non chiudermi ancora

No, non chiudermi ancora nel tuo abbraccio,
atterreresti in me quest'alta vena
che mi inebria dall'oggi e mi matura.

Lasciami alzare le mie forze al sole,
lascia che mi appassioni dei miei frutti,
lasciami lentamente delirare...

E poi còglimi solo e primo e sempre
nelle notti invocato e nei tuoi lacci
amorosi tu atterrami sovente
come si prende una sventata agnella...

Se avess'io

Se avess'io levità di una fanciulla
invece di codesto, torturato,
pesantissimo cuore e conoscessi
la purezza dell'acque come fossi
entro raccolta in miti-sacrifici,
spoglierei questa insipida memoria
per immergermi in te, fatto mio uomo.

Io ti debbo i racconti più fruttuosi
della mia terra che non dà mai spiga
e ti debbo parole come l'ape
deve miele al suo fiore. Perché t'amo
caro, da sempre, prima dell'inferno
prima del paradiso, prima ancora
che io fossi buttata nell'argilla
del mio pavido corpo. Amore mio
quanto pesante è adducerti il mio carro
che io guido nel giorno dell'arsura
alle tue mille bocche di ristoro!

Io ti ho offerto il mio corpo

Io ti ho offerto il mio corpo come un moto
di gioconda tristezza
come un'acqua serena per andare:
tu mi hai creduto una rupe divina
ma non atta a ancorare la radice...

Io ti ho offerto i miei tralci, la mia voce,
la mia vite feconda
ho domandato che tu mi capissi...

Ma neppure hai cercato di baciarmi
e mi credi una venere delusa.

Per una giovinetta

a M. G.

Ho pensato al tuo fascino profondo
cara, piccola luce, così chiara
da parere una mite trasparenza
di vigoroso petalo o una spina
che ancor dritta si leghi alla tua voce.

Tu sei bella di lucida passione
non ancora riflessa
dentro nell'unghia scarna del destino...

Fai tu che questi non eguagli mai
la tua piana bellezza come fiume
che pareggi ogni mitico livello.

Quanto mi ardi

Quanto più m'arde il tuo ricordo cupo
oltre le spalle e invecchia a me la mente
quanto più scuoti del mio corpo strano
e vi crei l'impronta, allora vedo
non so quale fantasma che mi calchi
come passato e vivo cavaliere
che si faccia soverchio alla mia idea.
La mia voce mi rugge nella gola
come sonorità di grossa fiera
che mi rammenti tutto il nostro amore.
Tale è l'orrore preso da quest'ala
che mi atterra di te fatta più dolce
di un buon vento di vuota primavera
e mi assottiglia come una preghiera
dietro il tuo passo. Se non mi sollevi
è perché credi me polvere strana
mentre che basterebbe un tuo saluto
a ricrearmi giovine figura.

Visito spesso in te

Visito spesso in te la mia dimora
che mi parrebbe un tempio se non fosse
per due dritte colonne che la regge
all'esterno siccome un trionfale
tronco di albero antico ove si posi
la finzione dell'Eden accanita.
Per aspetto
vi si potrebbe chiudere il serpente
alle sue spire come il secolare
e veloce mio attacco.
Ma tu vivi difeso dalla grazia
mentre io brucio di senso
proprio alle soglie della mia malia
ed anche a me tu rappresenti l'Angelo
quando reprimi nel tuo velo azzurro
dei bellissimi occhi
questo colore amaro di emozione.

Ti ho detto addio

Ti ho detto addio dopo che ho spesa tutta
l'amarezza dal grembo e l'ho posata
presso di te come una voce strana.
Comprendo adesso che io sono un'ombra
oltraggiosa magnifica pensosa
e che tu rarefai le mie pienezze
come si sfa la terra per rubarvi
il fortissimo seme della vita.
Tu mi hai tutta predata vorticoso
come un vento selvaggio ma di questi
assai meno pietoso e musicale.
Perciò io ti riguardo che ti assenti
mentre anch'io mi dilungo abbandonata
presso la mia mortale era di pace.

Io ero un uccello
dal bianco ventre gentile,
qualcuno mi ha tagliato la gola
    per riderci sopra
    non so.
Io ero un albatro grande
e volteggiavo sui mari.
Qualcuno ha fermato il mio viaggio,
senza nessuna carità di suono.
Ma anche distesa per terra
io canto ora per te
le mie canzoni d'amore.

Io ho scritto per te ardue sentenze,
ho scritto per te tutto il mio declino;
ora mi anniento, e niente può salvare
la mia voce devota; solo un canto
può trasparirmi adesso dalla pelle
ed è un canto d'amore che matura
questa mia eternità senza confini.

La pelle nuda fremente,
che di notte raccoglie i sogni,
la tua pelle nuda e fremente,
che vive senza emozioni
paga soltanto del mondo,
che la circonda indifeso,
la tua pelle non è profonda,
resta soltanto una resa:
una resa a un corpo malato
che nella notte sprofonda,
un grido tuo disperato,
a quello che ti circonda.
La tua pelle che fa silenzio,
e lievita piano l'ora,
la tua pelle di dolce assenzio
forse può darti l'aurora,
l'aurora tetra e gentile
di un primo canto di aprile.

Non voglio dimenticarti, amore

Non voglio dimenticarti, amore,
né accendere altre poesie:
ecco, lucciola arguta, dal risguardo dolce,
la poesia ti domanda
e bastava una inutile carezza
a capovolgere il mondo.
La strega segreta che ci ha guardato
ha carpito la nudità del terrore,
quella che prende tutti gli amanti
raccolti dentro un'ascia di ricordi.

I.
Sul tuo volto vorrei tessere
amore finemente:
una gualdrappa per le molte guerre,
quelle di amore che tu non mi hai fatto,
o tiratore d'arco, più veloce del canto.

II.
Mentre cerco vita nel tuo volto,
dolcissimo Roberto che mi cadi
pesantemente tra le molte braccia,
io sono Diana, forsennata caccia
che trova dentro i rivoli del sogno
grandi cerbiatti dagli occhi di rima.

III.
Carezzami o luna fortemente
appesa dentro l'inguine del sole.
Tu che molesti in me l'ultima stella
del divino Roberto che mi cade
frantumandosi all'alba tra le braccia.

IV.

Sono folle d'amore per la sera
quando cade la luna dolcemente
sui miei trascorsi;
in limpide mannelle lego
le mie parole nello spazio
per farti dono della mia poesia;
quando la luce che trionfa nella sera,
addormentata a notte le fanciulle
piene di canto e gravide di sale;
ed esse scendono giù fino alla ripa
del firmamento e sono bozzoli d'aria
che cantano al vento le carole vane...

Ascolta, il passo breve delle cose
– assai più breve delle tue finestre –
quel respiro che esce dal tuo sguardo
chiama un nome immediato: la tua donna.
È fatta di ombra e ciclamini,
ti chiede il tuo mistero
e tu non lo sai dare.
Con le mani
sfiori profili di una lunga serie di segni
che si chiamano rime.
Sotto, credi,
c'è presenza vera di foglie;
un incredibile cammino
che diventa una meta di coraggio.

L'ora più solare per me
quella che più mi prende il corpo
quella che più mi prende la mente
quella che più mi perdona
è quando tu mi parli.
Sciarade infinite,
infiniti enigmi,
una così devastante arsura,
un tremito da far paura
che mi abita il cuore.
Rumore di pelle sul pavimento
come se cadessi sfinita:
da me si diparte la vita
e d'un bianchissimo armento io
pastora senza giudizio
di te amor mio mi prendo il vizio.
Vizio che prende un bambino
vizio che prende l'adolescente
quando l'amore è furente
quando l'amore è divino.

A volte Dio
uccide gli amanti
perché non vuole
essere superato
in amore.

Lungamente sospeso
dentro l'anima
di una metafisica assente,
tu hai ragione d'amore
ben più alta
e non ti preme
la soglia viva della vita tua.

Ahimè, che smarrimento
una fontana
a gettiti profondi di avaria,
la musica che suona di lontano,
il ricordo di un'ansia indefinita,
l'amore breve delle tue passioni
e un libro che corona le tue stelle.

Quando gli innamorati si parlano
attraverso gli alberi
e attraverso mille strade infelici,
quando abbracciano l'edera
come se fosse un canto,
quando trovano la grazia
nelle spighe scomposte
e dagli alti rigogli,
quando gli amanti gemono
sono signori della terra
e sono vicini a Dio
come i santi più ebbri.

Quando gli innamorati parlano di morte
parlano di vita in eterno
in un colloquio di un fine esperanto
noto soltanto a Lui.
Il loro linguaggio è dissacratore,
ma chiama la grazia infinita
di un grande perdono.

Del tuo ultimo tempo senza colore,
delle tue arringhe senza popolo,
della tua vasta legge d'amore
che dà ozi e digiuni,
girando intorno a una grande solitudine
hai scoperto il baricentro del cuore,
o mio sudato amore senz'arte
che mi hai fatto le carte del pudore.

Mi sono innamorata
delle mie stesse ali d'angelo,
delle mie nari che succhiano la notte,
mi sono innamorata di me
e dei miei tormenti.
Un erpice che scava dentro le cose,
o forse fatta donzella
ho perso le mie sembianze.
Come sei nudo, amore,
nudo e senza difesa:
io sono la vera cetra
che ti colpisce nel petto
e ti dà larga resa.

Le osterie

A me piacciono gli anfratti bui
delle osterie dormienti,
dove la gente culmina nell'eccesso del canto,
a me piacciono le cose bestemmiate e leggere,
e i calici di vino profondi,
dove la mente esulta,
livello di magico pensiero.
Troppo sciocco è piangere sopra un amore perduto
malvissuto e scostante,
meglio l'acre vapore del vino
indenne,
meglio l'ubriacatura del genio,
meglio sì meglio
l'indagine sorda delle scorrevolezze di vite;
io amo le osterie
che parlano il linguaggio sottilc
della lingua di Bacco,
e poi nelle osterie
ci sta il nomc di Charlcs
scritto a caratteri d'oro.

Io sono folle, folle,
    folle di amore per te.
Io gemo di tenerezza
    perché sono folle, folle,
    perché ti ho perduto.
Stamane il mattino era sì caldo
    che a me dettava questa confusione,
ma io ero malata di tormento
ero malata di tua perdizione.

Non avessi sperato in te
e nel fatto che non sei un poeta
di solo amore
tu che continui a dirmi
che verrai domani
e non capisci che per me
il domani è già passato.

Com'è stato imprevisto il tuo abbandono!
Proprio nel momento in cui io naufragavo
nelle onde del tuo piacere
tu mi hai lasciato
e forse mi hai salvato la vita
ma maledetti coloro che salvano i poeti per
ignoranza
rendendoli creature sconfitte.

Scusa. Vorrei
scusare la donna che è in te e che io non voglio vedere
perché molti anni fa una donna piacevole ad oltranza
mi rubò mio marito
e da allora in poi chiudo le porte alle vecchie e alle giovani
pensando che la mia innocenza è stata privata
di un grande dialogo.

IL GENIO DELL'AMORE

Poesia, amore, follia entrano contemporaneamente nella vita di Alda Merini, una bufera che la travolge, adolescente, finché in lei non matura la forza per gestirla, con il potere della parola. Nel raccontare gli anni passati in manicomio, denuncia l'esperienza più dolorosa: l'ordine da parte di un medico di non innamorarsi. Un ordine che implicherebbe, paradossalmente, la capacità di capire e distinguere, la volontà e la forza di agire. Ma se tali elementi fossero presenti, non giustificherebbero un simile ordine, un'ingerenza tanto prepotente nell'intimità di una persona: «Sono abbastanza ferrata per capire dove comincia la patologia e dove inizia la poesia. Sono due momenti molto diversi. L'aspetto melanconico leopardiano non era una comune depressione da curare con gli psicofarmaci...»

Alda Merini non ha alcun pudore nei confronti della propria malattia, ma una lucidità che la domina, la redime portandola oltre lo spazio e il tempo, oltre qualsiasi inferno e qualsiasi paradiso: «Qualcuno ha fermato il mio viaggio, / senza nessuna carità di suono. / Ma anche distesa per terra/ io canto ora per te / le mie canzoni d'amore».

L'amore, come la poesia, è qualcosa di inalienabile, incorruttibile e, lungi dall'essere dannoso, è l'unico antidoto possibile alla pazzia. Maria Corti rintraccia nei versi di Alda Merini un processo dal reale al visionario, un percorso verso l'alto, dalla realtà tragica legata alla malattia, in cui lei è vinta, alla realtà recuperata attraverso la memoria e sconfitta dal trionfo della poesia.

Come non esiste una parentela necessaria fra genio e sregolatezza, tanto meno vale l'associazione di arte e follia, il luogo comune che considera la pazzia fonte d'ispirazione poetica, che vede nel folle un essere in qualche modo privilegiato, perché in grado di scorgere e di sentire verità agli altri precluse: «Non è la poesia che fa impazzire, sono le circostanze della vita; non tutti i pazzi sono poeti». Anzi, la follia atterra il volo della poesia, come tante altre circostanze della vita, come l'ottusità del reale, come il silenzio di una materia arida, non fecondata. È il destino bizzarro che «sbatacchia le povere ali e immiserisce l'amore». La follia è mancanza, è perdita di sentimento, vuoto d'amore («la mancanza d'amore è la mia pestilenza»).

Il cosiddetto 'stato di grazia' appartiene alla poesia, non alla follia: la poesia «è voce, ispirazione della verità, una voce che uno ha dentro e che obbliga a dire in musica, in un corpo, che è la melodia». La poesia è la « luce che trionfa nella sera », sono le lacrime di cielo che colorano la vita, è il pianto levigato, trasformato in piena luce e restituito agli occhi, perché vivano di stelle. Nei versi di Alda Merini sono rintracciabili due mondi metaforici: quello della terra sterile, pesante e polveroso, denso di ombre, buio, e quello del cielo, leggero e limpido, fatto di luce e di colori. Il primo esprime il delirio della follia, che non rivela ma acceca, il secondo la forza salvifica della poesia e quella feconda dell'amore, capaci di aprire squarci nella nebbia della mente.

L'unica follia positiva è quella amorosa, espressa nella lirica che dà il titolo a questa raccolta. L'amore, il desiderio, è l'elemento produttivo, la forza sottesa alla parola che innalza, il seme che riplasma la vuota materia, il lampo che illumina zone oscure con bagliori improvvisi e fugaci come un fiato di voce (« implacabili ardori riplasmanti / la già morta materia: in te mi accolgo / risospinta dagli echi all'infinito »).

Nelle poesie di Alda Merini l'amore, più che un tema dominante è lo spirito che permea i versi, è il motore che muove le parole. Le persone concrete, gli amori passati o presenti, sono superati da quelli che Maria Corti chiama 'fantasmi poetici'. Oggetto dell'amore è tutto ciò che sia in grado di suscitare in lei un''eccitazione fabulosa della mente', un 'astratto miracolo', che supera qualsiasi delimitazione spazio-temporale.

L'amore è desiderio di una totalità mitica, nostalgia dell'infinito, «un'immensità che può chiamarsi musica / o amore, o fede...» È timido e prepotente allo stesso tempo, smarrito e teso, come l'amore adolescenziale si nutre di se stesso, amore dell'amore, struggente anelito verso qualcosa di indefinito. Non importa chi si ama, l'importante è amare, perché «chi ama è il genio dell'amore», ha gli occhi aperti alla bellezza, e possiede il dono della meraviglia. Oltre il desiderio erotico, oltre l'amore platonico o mistico, l'amore abita una dimensione originaria, in cui sacro e profano si enfatizzano a vicenda, in cui gli innamorati «sono signori della terra / e sono vicini a Dio / come i santi più ebbri».

La poesia di Alda Merini non spalanca mondi, ma li suggerisce, apre spiragli, lancia sfide – agli altri e a se stessa – con i suoi enigmi. Raccoglie frammenti, scopre tracce di divinità fuggite, ombre di una bellezza che per qualche attimo si è rivelata, echi di rumori e suoni che si sono allontanati: «Il mio cuore è la selva inabitata, / vergine, fitta d'ombre e di sottili / rumori, di fugaci apparizioni, / di più fugaci corse».

E a chi giudica la poesia della Merini difficile, astrusa, ermetica, si può rispondere con i versi di Eugenio Montale: «Non chiederci la parola che squadri da ogni lato / l'animo nostro informe, e a lettere di fuoco/ lo dichiari e risplenda come un croco / in mezzo a un polveroso prato [...] Non domandarci la formula che mondi possa aprirti, / sì qualche storta sillaba e secca come un ramo. / Codesto solo oggi possiamo dirti, / ciò che non siamo, ciò che non vogliamo».

Daniela Gamba

NOTA BIOGRAFICA

Alda Merini nasce a Milano il 21 marzo del 1931. Frequenta le scuole professionali all'Istituto Laura Solera Mantegazza, da cui, su consiglio degli insegnanti, tenta l'ammissione al liceo classico, ma viene respinta in italiano. Studia il pianoforte, strumento che continuerà ad amare e a suonare per tutta la vita.

A quindici anni scrive le prime poesie. Scoperta da Giacinto Spagnoletti, nel 1947 inizia a frequentare l'ambiente letterario milanese, dove incontra, tra gli altri, Giorgio Manganelli e Maria Corti. Compaiono i primi segni della malattia che la costringerà, negli anni successivi, a entrare e uscire dagli ospedali psichiatrici. Dopo un mese di internamento, grazie all'aiuto degli amici, e soprattutto di Giorgio Manganelli, raggiunge quella coscienza di sé che le darà la forza di riemergere ogni volta, attraverso la scrittura, da ogni inferno destinatole dalla vita.

Nel 1950 Spagnoletti pubblica alcune sue poesie nell'*Antologia della poesia italiana 1909-1949*, edita da Guanda, e nel 1951 Scheiwiller, grazie anche al suggerimento di Eugenio Montale, la inserisce nell'antologia *Poetesse del Novecento*.

Nel 1953 sposa Ettore Carniti, proprietario di alcune panetterie milanesi. Nello stesso anno esce il primo libro di poesie interamente suo, *La presenza di Orfeo*, con una presentazione di Giacinto Spagnoletti. La raccolta ha un grande favore di critica, e della giovane poetessa parla Pasolini in 'Paragone' del 1954. Alla *Presenza di Orfeo* seguono *Paura di Dio* e *Nozze Romane*.

Nel 1955 nasce la prima figlia, Emanuela, e nel 1958 Flavia. Salvatore Quasimodo, a cui la Merini è legata da rapporti di amicizia e lavoro, pubblica alcune sue liriche in *Poesia italiana del dopoguerra* (Schwarz 1958).

Nel 1965 inizia il doloroso periodo di internamento all'ospedale psichiatrico Paolo Pini, che dura fino al 1972. Durante i rari periodi di dimissione nascono altre due figlie: Barbara e Simona.

Dopo periodi alterni di salute e malattia, nel 1979 la Merini torna a scrivere, cominciando la stesura delle meditazioni liriche sull'esperienza sconvolgente del manicomio, *La Terra Santa* (Scheiwiller, 1984).

Il ritorno nel mondo letterario è doloroso e difficile: solo nel 1983, grazie all'attenzione di Maria Corti, trenta sue poesie sono ospitate nella rivista 'Il cavallo di Troia'.

Nel 1981, dopo la morte del marito in seguito a una lunga e penosa malattia, inizia l'amicizia a distanza con il poeta tarantino Michele Pierri. Alda

Merini lo sposa nel 1983, trasferendosi a Taranto. Torna nel Nord nel 1986, dove riprende a frequentare gli amici di un tempo. Nel 1988 l'antologia *Testamento* curata da Giovanni Raboni consacra il ritorno della poetessa sulla scena letteraria. È anche un ritorno alla vita e alla poesia, dopo gli orrori conosciuti in un ospedale psichiatrico tarantino e la morte del secondo marito.

Intanto Alda Merini, nel 1986, ha dato il via alla sua produzione di prosa con *L'altra verità. Diario di una diversa*. Seguono anni di intensa scrittura, che spesso appare in piccolissime tirature, a volte in edizioni private, dedicate agli amici. Gli anni Novanta si aprono con *Vuoto d'amore*, a cura di Maria Corti (Einaudi 1991) e si concludono con *Superba è la notte* (Einaudi 2000) e *L'anima innamorata* (Frassinelli 2000). Nel 2001 presso Frassinelli esce *Parole d'amore, un incontro con Gesù*.

Nel 1993 Alda Merini riceve il Premio Librex Guggenheim 'Eugenio Montale' per la Poesia, nel 1996 il Premio Viareggio, nel 1997 il Premio Procida-Elsa Morante e nel 1999 il Premio della Presidenza del Consiglio dei Ministri-Settore Poesia.

Ora Alda Merini vive, scrive e suona il pianoforte nella stessa casa milanese sul Naviglio in cui ha vissuto in passato con il marito e le quattro figlie e poi, per qualche anno, con Titano, che faceva il clochard sulle panchine di Milano.

In un'intervista al *Corriere della Sera* la poetessa

fa il bilancio della propria vita: «Io la vita l'ho goduta tutta, a dispetto di quello che vanno dicendo sul manicomio. Io la vita l'ho goduta perché mi piace anche l'inferno della vita, e la vita è spesso un inferno... Per me la vita è stata bella perché l'ho pagata cara».

OPERE DI ALDA MERINI

La presenza di Orfeo, Schwarz, Milano 1953 (ora Scheiwiller, Milano 1993)

Paura di Dio, Scheiwiller, Milano, 1955

Nozze romane, Schwarz, Milano 1955

Tu sei Pietro, Scheiwiller, Milano 1961

Destinati a morire, Lalli, Poggibonsi 1980

Le rime petrose, edizione privata, 1983

Le satire della Ripa, Laboratorio Arti Visive, Taranto 1983

Le più belle poesie, edizione privata, 1983

La Terra Santa, Scheiwiller, Milano 1984, 1996

La Terra Santa e altre poesie, Lacaita, Manduria 1984

L'altra verità. Diario di una diversa, Scheiwiller, Milano 1986

Fogli bianchi, Biblioteca Cominiana, Livorno 1987

Testamento, a cura di Giovanni Raboni, Crocetti, Milano 1988

Delirio amoroso, il melangolo, Genova 1989

Il tormento delle figure, il melangolo, Genova 1990

Le parole di Alda Merini, Stampa Alternativa, Roma 1992

Vuoto d'amore, Einaudi, Torino 1991

Valzer, TS, Settignano 1991

Balocchi e poesie, TS, Settignano 1991

Ipotenusa d'amore, La vita felice, Milano 1992

Aforismi, Nuove Scritture, Abbiategrasso 1992

La vita facile. Aforismi, Pulcinoelefante, Milano 1992

La palude di Manganelli o *Il monarca del re*, La vita felice, Milano 1992

Rime dantesche, Divulga, Crema 1993

Le zolle d'acqua, Montedit, Melegnano 1993

Se gli angeli sono inquieti. Aforismi, Shakespeare and Company, Firenze 1993

Titano amori intorno, La vita felice, Milano 1993

Reato di vita, Melusine, Milano 1994

Il fantasma e l'amore, La vita felice, Milano 1994

Doppio bacio mortale, Lietocollelibri, Faloppio 1994

La pazza della porta accanto, Bompiani, Milano 1995

Ballate non pagate, Einaudi, Torino 1995

Sogno e poesia di Alda Merini, Carte d'artista, La vita felice, Milano 1995

Lettera ai figli, Lietocollelibri, Faloppio 1995

La vita facile. Sillabario, Bompiani, Milano 1996

Refusi, Zanetti, Brescia 1996

Un'anima indocile, La vita felice, Milano 1996

Immagini a voce, Motorola 1996

Aforismi, Pulcinoelefante, Milano 1996

La volpe e il sipario, Girardi, Legnano 1997

Orazioni piccole, Edizioni dell'Ariete, Crema 1997

Catalogo generale Edizioni Pulcinoelefante (1982-1996), All'insegna del pesce d'oro – Scheiwiller, Milano 1997

Curva in fuga, Edizioni dell'Ariete, Crema 1997

L'altra verità. Diario di una diversa, Rizzoli, Milano 1997

Ringrazio sempre chi mi dà ragione, Stampa Alternativa, Roma 1997

Lettere a un racconto, Rizzoli, Milano 1998

Fiore di poesia, Einaudi, Torino 1998

Cinquantasette poesie, Mondadori, Milano 1998

La poesia luogo del nulla, Manni, Milano 1999

Ipotenusa d'amore, La vita felice, Milano 1999

Aforismi e magie, Rizzoli, Milano 1999

Superba è la notte, Einaudi, Torino 2000

L'anima innamorata, Frassinelli, Milano 2000

Parole d'amore. Un incontro con Gesù, Frassinelli, Milano 2001

Indice

Le poesie per giovani innamorati pubblicate da Salani

Questo amore
di Jacques Prévert
a cura di Donatella Ziliotto

Shakespeare in amore
di William Shakespeare
a cura di Danilo Bramati e Gabriella Galzio

Imprevisto amore
di Federico García Lorca
a cura di Donatella Ziliotto

Tanti baci ci vogliono a baciare
L'amore classico: poesie per giovani innamorati
a cura di Roberto Mussapi

Tango
Quella melodia di noi due
a cura di Leopoldo Carra e Daniela Gamba

E tacque intorno a te il silenzio
Poesie del Romanticismo per giovani innamorati
a cura di Roberto Mussapi

Hai colorato i miei pensieri e i miei sogni
di Rabindranath Tagore
a cura di Brunilde Neroni

Dante in amore
di Dante Alighieri
a cura di Roberto Mussapi

Per te, amore mio
di Jacques Prévert
a cura di Leopoldo Carra

Altro bene non c'è che conti
di Giuseppe Conte, Maurizio Cucchi, Roberto Mussapi
a cura di Roberto Mussapi

Finito di stampare
nel mese di settembre 2010
per conto della Adriano Salani Editore S.p.A.
dalla S.A.T.E. s.r.l.
di Zingonia (Bergamo)
Printed in Italy